1. Lesestufe

Rüdiger Bertram

Der Leserabe auf Schatzsuche

Mit Bildern von Heribert Schulmeyer

Ravensburger Buchverlag

Bibliografische Information der Deutschen Nationalbibliothek:

Die Deutsche Nationalbibliothek verzeichnet diese Publikation
in der Deutschen Nationalbibliografie.
Detaillierte bibliografische Daten sind im Internet
über **http://dnb.d-nb.de** abrufbar.

1 2 3   12 11 10

Ravensburger Leserabe
© 2010 Ravensburger Buchverlag Otto Maier GmbH
Umschlagbild: Heribert Schulmeyer
Umschlagkonzeption: Sabine Reddig
Redaktion: Marion Diwyak
Printed in Germany
ISBN 978-3-473-36305-6

www.ravensburger.de
www.leserabe.de

Inhalt

Die Ruine — 4

Die drei Eichen — 10

Die Schmiede — 18

Das Stadtmuseum — 24

Der Friedrich-Becher — 32

Leserätsel — 40

Die Ruine

Marie, Kai und der Leserabe
spielen Verstecken in der alten Burg.
Sie liegt auf einem Hügel
hoch über der Stadt.

Früher hat in der Burg
ein Raubritter gewohnt.
Er hieß Friedrich der Fiese
und jeder hatte Angst vor ihm.

Aber das ist lange her.
Jetzt sind von den dicken Mauern
nur noch ein paar Steine übrig.

Der Leserabe zählt bis zwanzig.
Als er fertig ist, beginnt er
Marie und Kai zu suchen.

Marie hat er ganz schnell gefunden.
Sie hat sich im Eingang
zum Turm versteckt.

Aber wo ist Kai?
Der Leserabe und Marie
suchen überall.

„Hilfe!", ruft plötzlich eine Stimme.
„Das ist Kai", sagt Marie aufgeregt.
Hinter einer Mauer entdecken sie
einen verborgenen Brunnen.

„Guckt mal, was ich gefunden habe!",
ruft Kai. Er sitzt unten im Brunnen
und hält einen Ritterhelm in die Höhe.

„Lass mal sehen", sagt der Leserabe
und flattert zu Kai hinunter.
Er hilft Kai aus dem Brunnen heraus.
Allein hätte Kai das nie geschafft.

Die drei Eichen

Der Leserabe setzt sich
den Ritterhelm auf den Kopf.
„Aua, da zwickt was!",
schimpft er.

Im Helm ist ein Zettel versteckt.
Marie faltet das Papier auseinander.
„Das ist eine Schatzkarte", sagt sie.

„Das ist meine!
Ich hab den Helm gefunden",
meint Kai.

11

„Was willst du denn damit?
Du kannst doch nicht lesen",
erklärt der Leserabe und
beugt sich über die Karte.

„Da steht: Folge dem Pfeil
an den drei Eichen",
liest der Leserabe vor.

„Was soll das denn bedeuten?",
fragt Marie ratlos.

„Ich kann zwar nicht lesen,
aber ich weiß, was Eichen sind.
Da vorne stehen drei",
sagt Kai und zeigt hinunter ins Tal.

Tatsächlich! Da stehen
drei uralte Eichen
direkt an der Straße.

Als sie bei den Eichen ankommen,
deutet Kai aufgeregt
auf ein Verkehrsschild:
„Da ist der Pfeil!"

„Du Dummerchen!",
sagt Marie.
„Im Mittelalter gab es doch
noch keine Verkehrsschilder."

„Aber das ist der einzige Pfeil
weit und breit",
antwortet Kai beleidigt.

„Die Bäume sind gewachsen seit damals! Der Pfeil muss weiter oben in der Rinde sein", erklärt der Leserabe.

Der Leserabe flattert hinauf und findet den Pfeil.
Er zeigt direkt
auf das alte Stadttor.

Die Schmiede

„Gehe 500 Schritte
in die Richtung des Pfeils",
liest Marie aus der Karte vor.

Kai macht Riesenschritte
und zählt: „Eins, vier, fünf, acht ..."

„Lass mich lieber zählen",
unterbricht ihn der Leserabe.

„Eins, zwei, drei, vier …",
beginnt der Leserabe.

Aber weil er sich
immer wieder verzählt,
muss er immer wieder
von vorne anfangen.

Endlich erreichen sie das Stadttor.
„Fünfhundert!", sagt der Leserabe
und lässt sich erschöpft
auf den Boden fallen.

Marie sieht in der Karte nach.
„Suche die Schmiede, steht da."

„Hier gibt es keine Schmiede",
sagt Kai. „Das weiß ich genau."

„Jetzt nicht mehr! Aber vielleicht
früher", antwortet Marie.

„Genau", sagt der Leserabe und
zeigt auf ein Straßenschild.
Darauf steht Schmiedestraße.

Das Stadtmuseum

Die drei laufen
die Schmiedestraße entlang.

Vor einer Tankstelle
sitzt ein Tankwart
auf einem Stapel Reifen.

„Wissen Sie, ob hier irgendwo
mal eine Schmiede stand?",
fragt Kai.

„Und ob ich das weiß",
erklärt der Tankwart.
„Die war genau hier.
Sie hat meinem Ururur-Opa gehört."

„Der hat hier Hufeisen gewechselt,
heute wechsle ich Autoreifen",
erzählt der Mann weiter.

„Hurra, wir haben sie gefunden!",
jubelt Kai.

„Warum wollt ihr das denn wissen?",
fragt der Tankwart neugierig.
„Ach, nur so", murmelt der Leserabe.

Marie schaut in der Karte nach,
wie es nun weitergeht:
„Dreh dich um,
und du findest den Schatz."

Als sie sich umdreht,
sieht sie das Stadtmuseum.
Das Haus ist genauso alt
wie die Burg auf dem Hügel.

„Irgendwo da drinnen
ist der Schatz versteckt",
flüstert der Leserabe.

Eine Seitentür steht offen, weil ein paar Männer einen Lastwagen mit alten Rüstungen ausladen.

Als die Arbeiter Pause machen, schleichen sich Kai, Marie und der Leserabe ins Museum.

„Schnell hier rein!", zischt der Leserabe,
als die Männer mit den Rüstungen
zurückkommen.

Der Friedrich-Becher

Kai, Marie und der Leserabe
flüchten durch eine offene Tür.
Sie führt in einen großen Raum.
Überall stehen Glaskästen herum.

In den Kästen liegen alte Bücher,
Schwerter und Pokale.

„Habt ihr eine Eintrittskarte?",
fragt plötzlich ein Mann
hinter ihnen.
Es ist der Museumsdirektor.

„Nein", stottert der Leserabe.
„Wir haben nur diese Karte!"
Der Leserabe zeigt auf die
Schatzkarte in Maries Händen.

„Wir suchen den Schatz
von Friedrich dem Fiesen",
erklärt Kai, ehe Marie ihm
den Mund zuhalten kann.

„Aber den haben wir doch
längst gefunden",
sagt der Direktor und lacht.
„Er lag im Keller dieses Hauses."

„So ein Mist!", schimpft
der Leserabe enttäuscht.
„Wir sind zu spät."

Der Direktor zeigt ihnen den Schatz:
Es sind eine Handvoll Goldmünzen
und ein Becher aus Gold.

„Wenn ihr wollt, kaufe ich euch
die Karte ab. Dann kann ich sie
im Museum ausstellen",
schlägt der Direktor vor.

Kai, Marie und der Leserabe sind einverstanden.

Der Direktor legt ihre Karte neben den Schatz.
Dann gibt er ihnen einen großzügigen Finderlohn.

Direkt neben dem Museum ist eine Eisdiele.

Der Leserabe bestellt sich den riesigen Friedrich-Becher.

Leserätsel
mit dem Leseraben

Super, du hast das ganze Buch geschafft!
Hast du die Geschichte ganz genau gelesen?
Der Leserabe hat sich ein paar spannende
Rätsel für echte Lese-Detektive ausgedacht.
Wenn du Rätsel 4 auf Seite 42 löst, kannst du
ein Buchpaket gewinnen!

Rätsel 1

In dieser Buchstabenkiste haben sich vier Wörter
aus den Geschichten versteckt. Findest du sie?

F	I	E	R	A	S	O
R	U	I	N	E	C	V
E	L	C	L	M	H	B
M	T	H	T	U	A	U
Q	Ü	E	B	U	T	R
S	A	N	R	R	Z	G

Rätsel 2

Der Leserabe hat einige Wörter aus den Geschichten auseinandergeschnitten. Immer zwei Silben ergeben ein Wort. Schreibe die Wörter auf ein Blatt!

Fried-   -te   su-
          -chen   -rich
   Schmie-   Kar-   -de

Rätsel 3

In diesem Satz von Seite 14 sind sieben falsche Buchstaben versteckt. Lies ganz genau und trage die falschen Buchstaben der Reihe nach in die Kästchen ein.

Tbatsächlich! Da stehern dreui uraltne Eichen dinrekt an der Streaßen.

1	2	3	4	5	6	7

Rätsel 4

Beantworte die Fragen zu den Geschichten. Wenn du dir nicht sicher bist, lies auf den Seiten noch mal nach!

1. Wo ist die Schatzkarte versteckt? (Seite 11)
   E: In einem alten Helm.
   R: Im Verlies.

2. Wohin führt die Karte den Leseraben und seine Freunde? (Seite 29)
   I: Ins Stadtmuseum.
   U: Auf eine einsame Insel.

3. Woraus besteht der Schatz? (Seite 36)
   N: Aus einer Truhe randvoll mit Gold und Schmuck.
   S: Aus Goldmünzen und einem Becher aus Gold.

Lösungswort:

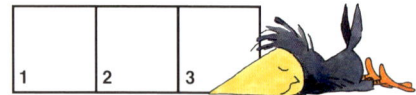

Super, alles richtig gemacht! Jetzt wird es Zeit für die RABENPOST.
Schicke dem LESERABEN einfach eine Karte mit dem richtigen Lösungswort. Oder schreib eine E-Mail. Wir verlosen jeden Monat 10 Buchpakete unter den Einsendern!

An den LESERABEN
RABENPOST
Postfach 2007
88190 Ravensburg
Deutschland

leserabe@ravensburger.de
Besuch mich doch auf meiner Webseite:
www.leserabe.de

Lösungen:
Rätsel 1: Ruine, Eichen, Burg, Schatz
Rätsel 2: Friedrich, Schmiede, suchen, Karte
Rätsel 3: Brunnen

Ravensburger Bücher vom Leseraben

1. Lesestufe für Leseanfänger ab der 1. Klasse

ISBN 978-3-473-**36204**-2   ISBN 978-3-473-**36389**-6   ISBN 978-3-473-**36393**-3

2. Lesestufe für Leseanfänger ab der 2. Klasse

ISBN 978-3-473-**36208**-0   ISBN 978-3-473-**36173**-1   ISBN 978-3-473-**36395**-7

3. Lesestufe für Leseanfänger ab der 3. Klasse

ISBN 978-3-473-**36210**-3   ISBN 978-3-473-**36214**-1   ISBN 978-3-473-**36187**-8

www.ravensburger.de / www.leserabe.de